Yc

13367

LES VŒUX,

SATIRE DE JUVENAL,

TRADUCTION NOUVELLE;

PAR M. A. L., *(Lavalezena)*

ANCIEN RÉGENT AU COLLÉGE DE LISIEUX.

Ses écrits, tout remplis d'affreuses vérités,
Étincellent pourtant de sublimes beautés.
BOILEAU, *Art poét.*

PARIS,

A. ÉGRON, IMPRIMEUR-LIBRAIRE,
rue des Noyers, nᵒ 37;

1821.

VOTA.

Omnibus in terris, quæ sunt a Gadibus usque
Auroram, et Gangem, pauci dignoscere possunt
Vera bona, atque illis multùm diversa, remotâ
Erroris nebulâ. Quid enim ratione timemus,
Aut cupimus? quid tam dextro pede concipis, ut te
Conatûs non pœniteat, votique peracti?
Evertêre domos totas optantibus ipsis
Dî faciles. Nocitura togâ, nocitura petuntur
Militiâ. Torrens dicendi copia multis,
Et sua mortifera est facundia. Viribus ille
Confisus periit, admirandisque lacertis.
Sed plures nimiâ congesta pecunia curâ
Strangulat, et cuncta exsuperans patrimonia census,
Quanto delphinis balæna Britannica major.
Temporibus diris igitur, jussuque Neronis
Longinum et magnos Senecæ prædivitis hortos
Clausit, et egregias Lateranorum obsidet ædes
Tota cohors: rarus venit in cœnacula miles.
Pauca licèt portes argenti vascula puri,
Nocte iter ingressus gladium contumque timebis:

LES VŒUX.

—

Dᴇs rives de Gadès jusqu'aux champs de l'aurore,
On cherche, et bien long-temps on doit chercher encore
Un sage qui, perçant le voile des erreurs,
Distingue les vrais biens de tant de biens trompeurs.
Le bon sens règle-t-il nos désirs ou nos craintes?
Quel plan si bien conçu n'est pas suivi de plaintes?
Le succès peut-il même étouffer nos regrets?
Souvent le ciel nous perd en comblant nos souhaits.
Aveugle en guerre, en paix, tu cours à ta ruine;
Souveraine des cœurs, l'éloquence divine
Porta des fruits de mort pour plus d'un orateur.
Milon périt, comptant sur sa rare vigueur.
　　Mais des mortels surtout ce qui tranche la vie,
C'est la soif d'amasser; c'est cette folle envie
De surpasser autant les plus riches humains
Que l'immense baleine efface les dauphins.
Eh! ne vîmes-nous pas, en ces jours détestables,
Sénèque, Longinus, de leurs grands biens coupables,
Dans leurs vastes jardins, dans leurs palais dorés,
A la voix de Néron, d'assassins entourés?
Leur troupe épargne au moins l'humble toit du village.
Vas-tu de nuit, chargé d'un modeste bagage?
Tu frémis pour tes jours, tout ton sang est glacé,
Si par un léger souffle un roseau balancé,

Et motæ ad lunam trepidabis arundinis umbram.
Cantabit vacuus coram latrone viator.
Prima ferè vota, et cunctis notissima templis
Divitiæ, crescant ut opes, ut maxima toto
Nostra sit arca Foro. Sed nulla aconita bibuntur
Fictilibus: tunc illa time, cùm pocula sumes
Gemmata, et lato Setinum ardebit in auro.
Jamne igitur laudas, quod de sapientibus alter
Ridebat, quoties a limine moverat unum
Protuleratque pedem; flebat contrarius alter?
Sed facilis cuivis rigidi censura cachinni :
Mirandum est, unde ille occulis suffecerit humor.
Perpetuo risu pulmonem agitare solebat
Democritus, quanquam non essent urbibus illis
Prætexta, et trabeæ, fasces, lectica, tribunal.
Quid, si vidisset prætorem curribus altis
Exstantem, et medio sublimem in pulvere circi
In tunicâ Jovis, et pictæ Sarrana ferentem
Ex humeris aulæa togæ, magnæque coronæ
Tamtum orbem, quanto cervix non sufficit ulla?
Quippe tenet sudans hanc publicus, et sibi consul
Ne placeat, curru servus portatur eodem.
Da nunc et volucrem, sceptro quæ surgit eburno,
Illinc cornicines, hinc præcedentia longi
Agminis officia, et niveos ad fræna Quirites,
Defossa in loculis quos sportula fecit amicos.
Tunc quoque materiam risûs invenit ad omnes
Occursus hominum; cujus prudentia monstrat
Summos posse viros, et magna exempla daturos
Vervecum in patria, crassoque sub aëre nasci.

Aux rayons de Phébé , t'offre une ombre tremblante.
Mais celui qui n'a rien poursuit sa route , et chante
A l'aspect du voleur dont il rit en passant.
   « Dieux ! puissent mes trésors aller toujours croissant !
« Qu'au Forum sur le mien nul coffre ne l'emporte ! »
Tels sont les vœux ardens qu'aux autels on apporte.
Mais boit-on dans l'argile un suc empoisonné?
Ah ! dans un vase d'or, avec art façonné,
Où parmi les rubis le Falerne étincelle,
Crains plutôt de puiser le trépas qu'il recèle.
   Il faut donc approuver les systèmes sensés
De deux sages fameux dans les siècles passés.
L'un sans cesse pleurait sur la misère humaine,
Et l'autre à nos dépens riait à perdre haleine.
Je conçois toutefois ces ris perpétuels ;
Mais l'œil peut-il suffire à des pleurs éternels?
Démocrite, en son temps, s'est égayé sur l'homme,
Quoiqu'Abdère n'eût rien de ce qu'on voit à Rome,
Ni pourpre , ni licteurs, ni chars, ni tribunaux.
Qu'eût-il dit, s'il eût vu de superbes chevaux
Dans un cirque poudreux, sur un char magnifique ,
Traîner un magistrat en pompeuse tunique ;
Si la pourpre de Tyr à ses yeux eût paru,
Si dans le même char notre rieur eût vu
Un esclave en sueur soutenir avec peine,
Sur le front du héros, la couronne incertaine ,
Tant l'orbe en est immense ! (ainsi du fier préteur
L'esclave à ses côtés rabaisse la hauteur ;)
S'il eût ouï ces cors qui proclament sa gloire,
S'il eût vu l'aigle au bout d'un long sceptre d'ivoire,
Et cliens, citoyens par les dons attirés,
Portant la robe blanche, autour du char serrés?

Ridebat curas , necnon et gaudia vulgi ;
Interdum et lacrymas cùm fortunæ ipse minaci
Mandaret laqueum , mediumque ostenderet unguem.
Ergo supervacua aut perniciosa petuntur,
Propter quæ fas est genua incerare Deorum.

Quosdam præcipitat subjecta potentia magnæ
Invidiæ , mergit longa , atque insignis honorum
Pagina ; descendunt statuæ , restemque sequuntur.
Ipsas deinde rotas bigarum impacta securis
Cædit , et immeritis franguntur crura caballis.
Jam strident ignes , jam follibus atque caminis
Ardet adoratum populo caput , et crepat ingens
Sejanus : deinde ex facie toto orbe secundâ
Fiunt urceoli , pelves, sartago , patellæ.
Pone domi lauros , duc in Capitolia magnum
Cretatumque bovem : Sejanus ducitur unco
Spectandus : gaudent omnes. Quæ labra ? quis illi
Vultus erat ? nunquam , si quid mihi credis, amavi
Hunc hominem : sed quo cecidit sub crimine ? quisnam
Delator ? quibus indicibus ? quo teste probavit ?
Nil horum. Verbosa et grandis epistola venit
A Capreis. Bene habet : nil plus interrogo. Sed quid
Turba Remi ? sequitur fortunam , ut semper , et odit
Damnatos. Idem populus, si Nurtia Tusco
Favisset , si oppressa foret secura senectus
Principis ; hâc ipsâ Sejanum dicere horâ
Augustum. Jam pridem , ex quo suffragia nulli
Vendimus, effudit curas. Nam qui dabat olim

Démocrite a prouvé qu'en un climat sauvage,
Sous un ciel nébuleux, il pouvait naître un sage ;
Prompt à semer le sel de ses propos railleurs,
Il se moquait des ris, et quelquefois des pleurs,
Et de son doigt narguait l'inconstante fortune.
Ainsi tous les souhaits qu'une voix importune
Fait monter jusqu'aux Dieux avec des flots d'encens,
Sont funestes à l'homme ou du moins impuissans ;
Les titres fastueux, le rang le plus sublime,
A l'envie exposés, nous plongent dans l'abîme.
    Les câbles sont tendus, et mille bras sont prêts :
On renverse le bronze où respirent nos traits.
Sous les coups de la hache, aveugle en ses ravages,
Tombent chars et coursiers, innocentes images ;
Déjà mugit le feu ; déjà dans le brasier
Le grand Séjan pétille et se fond tout entier ;
Celui qu'adorait Rome, et que toute la terre
A la seconde place a vu siéger naguère,
Se transforme en bassins, casseroles, poêlons.
    Que ton toit soit orné de lauriers en festons ;
Qu'un bœuf sans tache expire en pompeux sacrifice ;
Vois Séjan dans la fange et qu'on traîne au supplice.
Quelle bouche ! quels yeux ! Rome entière applaudit.
— Non, je n'aimai jamais cet homme qu'on maudit.
Mais de quel délateur a-t-il péri victime ?
Cite-t-on les témoins, les preuves de son crime ?
— Un écrit long, diffus, de Caprée est venu ;
Voilà tout. — Il suffit ; c'est assez entendu.
Et le peuple ?.... — Toujours fidèle à son usage,
Donne aux proscrits sa haine, aux heureux son suffrage.
Mais si le fier Toscan, par le sort mieux servi,
Eût tranché les vieux jours de son prince trahi,

Imperium, fasces, legiones, omnia ; nunc se
Continet, atque duas tantùm res anxius optat,
Panem, et Circenses. Perituros audio multos.
Nil dubium : magna est fornacula : pallidulus mi
Brutidius meus ad Martis fuit obvius aram.
Quàm timeo, victus ne pœnas exigat Ajax.
Ut malè defensus ! curramus præcipites, et
Dum jacet in ripâ, calcemus Cæsaris hostem.
Sed videant servi, ne quis neget, et pavidum in jus
Cervice obstrictâ dominum trahat. Hi sermones
Tunc de Sejano, secreta hæc murmura vulgi.
Visne salutari sicut Sejanus, habere
Tantundem, atque illi sellas donare curules ?
Illum exercitibus præponere ? tutor haberi
Principis, augustâ Caprearum in rupe sedentis
Cum grege Chaldæo ? vis certè pila, cohortes,
Egregios equites, et castra domestica ; quidni
Hæc cupias ? et qui nolunt occidere quemquam,
Posse volunt. Sed quæ præclara, et prospera tanti,
Ut rebus lætis par sit mensura malorum ?
Hujus qui trahitur, prætextam sumere mavis ?
An Fidenarum, Gabiorumque esse potestas,

Ce peuple qui l'outrage eût déjà de lui-même
Salué de Séjan la puissance suprême.
Depuis qu'à prix d'argent il ne vend plus sa voix,
Qu'il n'a plus dans sa main les honneurs, les emplois,
Le peuple, indifférent, fuit les soins de l'empire.
Des spectacles, du pain, c'est tout ce qu'il désire.
— Bien d'autres périront? — Oui, l'on peut l'affirmer,
Un immense incendie est près de s'allumer.
Je viens de rencontrer Brutidius * tout pâle.
Ah! tremblons qu'emporté par sa fureur fatale,
Notre Ajax, au hasard précipitant ses coups,
De l'avoir mal gardé ne nous accuse tous.
L'ennemi de César gît encor sur le sable ;
Courons donc, et foulons son cadavre exécrable.
Mais de peur qu'au préteur soudain nous dénonçant,
Un esclave n'y traîne un maître pâlissant,
Que tous puissent nous voir. Ainsi tout bas s'exprime
Sur Séjan des Romains la voix pusillanime.

    Dis-moi si maintenant d'un ministre odieux
Les honneurs, les trésors éblouissent tes yeux ;
Si tu voudrais pouvoir, au gré de tes caprices,
De la ville et du camp partager les offices ;
Tuteur d'un vieux tyran aux charlatans livré,
De Caprée habitant le roc déshonoré?
Tu souhaites au moins commander et cohortes,
Et brillans chevaliers cantonnés à nos portes.
Pourquoi non? Le pouvoir d'ordonner mon trépas
Plairait même à celui qui n'en userait pas.
Mais quel prix mettre aux biens qu'un haut rang nous étale,
Si la somme des maux doit être un jour égale?

* Ami de Séjan.

Et de mensurâ jus dicere, vasa minora
Frangere pannosus vacuis ædilis Ulubris?
Ergo quid optandum foret, ignorasse fateris
Sejanum. Nam qui nimios optabat honores,
Et nimias poscebat opes, numerosa parabat
Excelsæ turris tabulata, unde altior esset
Casus, et impulsæ præceps immane ruinæ.
Quid Crassos, quid Pompeios evertit, et illum,
Ad sua qui domitos deduxit flagra Quirites?
Summus nempe locus nullâ non arte petitus,
Magnaque numinibus vota exaudita malignis.
Ad generum Cereris sinè cæde et vulnere pauci
Descendunt reges, et sicca morte tyranni.

Eloquium aut famam Demosthenis, aut Ciceronis
Incipit optare, et totis Quinquatribus optat,
Quisquis adhuc uno partam colit asse Minervam,
Quem sequitur custos angustæ vernula capsæ.
Eloquio sed uterque perit orator : utrumque
Largus et exundans letho dedit ingenii fons.
Ingenio manus est, et cervix cæsa ; nec unquam
Sanguine causidici maduerunt rostra pusilli.
O fortunatam natam me consule Romam !
Antonî gladios potuit contemnere, si sìc
Omnia dixisset. Ridenda poëmata malo,
Quam te, conspicuæ divina Philippica famæ, .

La pourpre de Séjan traîné par des bourreaux
Est-elle préférable à la toge en lambeaux
De l'édile qu'on voit dans Ulubre ou Fidène
Prononcer sur les poids d'une voix souveraine,
Et briser la mesure ou le vase imposteur?
   Séjan n'a donc point pris la route du bonheur.
Et, plus de sa fortune élevant l'édifice,
Il monta, plus sa main creusa le précipice,
Où gloire, honneurs, trésors sont plus tard disparus.
Quel mal perdit encore et Pompée et Crassus,
Et celui qui foula la liberté détruite?
C'est du suprême rang l'inquiète poursuite,
Ce sont leurs vœux comblés par le courroux des dieux.
Pluton voit peu de rois descendre aux sombres lieux
Sans porter du poignard la trace encor sanglante.
   Entends-tu quels souhaits, quelle prière ardente
Font, pendant les cinq jours consacrés à Pallas,
Ces marmots qu'un pédant instruit pour quelques as,
Et qu'un petit laquais suit avec leur cassette?
Ils demandent déjà l'éloquence parfaite,
Le nom d'un Démosthène ou bien d'un Cicéron.
Leur perte cependant est due à ce beau nom,
A leur voix courageuse, à ce bouillant génie,
Dont la source jamais ne se trouva tarie.
Oui, ta seule éloquence, ô vertueux Romain,
Sur les Rostres sanglans mit ta tête et ta main;
Du sang d'un orateur sans feu, sans énergie,
Le Forum a-t-il vu sa tribune rougie?
« *O Romains fortunés, sous mon consulat nés!* »
Tes écrits, Tullius, dans ce style tournés,
D'Antoine eussent bravé la fureur assassine :
Tu ne vaux pas ce vers, Philippique divine!

Volveris a primâ quæ proxima. Sævus et illum
Exitus eripuit, quem mirabantur Athenæ
Torrentem, et pleni moderantem fræna theatri.
Dîs ille adversis genitus, fatoque sinistro,
Quem pater ardentis massæ fuligine lippus
A carbone et forcipibus, gladiosque parante
Incude, et luteo Vulcano ad rhetora misit.
Bellorum exuviæ, truncis affixa tropæis
Lorica, et fracta de casside buccula pendens,
Et curtum temone jugum, victæque triremis
Aplustre, et summo tristis captivus in arcu,
Humanis majora bonis creduntur : ad hæc se
Romanus, Graiusque, ac Barbarus induperator
Erexit; causas discriminis atque laboris
Indè habuit. Tanto major famæ sitis est, quàm
Virtutis. Quis enim virtutem amplectitur ipsam,
Præmia si tollas ? patriam tamen obruit olim
Gloria paucorum, et laudis, titulique cupido
Hæsuri saxis cinerum custodibus ; ad quæ
Discutienda valent sterilis mala robora ficûs ;
Quandoquidem data sunt ipsis quoque fata sepulcris.
Expende Annibalem : quot libras in duce summo
Invenies ? Hic est, quem non capit Africa Mauro
Percussa Oceano, Niloque admota tepenti.
Rursus ad Æthiopum populos, aliosque elephantos
Additur imperiis Hispania : Pyrenæum
Transilit. Opposuit natura Alpemque, nivemque ;
Diducit scopulos, et montem rumpit aceto.

Quel coup ravit aussi l'orateur-citoyen,
Dont la voix gouvernait le peuple athénien?
Qui, sous l'aspect maudit d'une étoile fatale,
Sorti d'un fourbisseur à l'œil rouge, au front sale,
Par lui fut envoyé, noir encor du charbon,
Ecouter d'un rhéteur la savante leçon?
  Et voici, selon nous, les grands biens de la terre:
Un trophée éclatant, monument de la guerre,
Des casques fracassés aux chênes suspendus,
Des vaisseaux ennemis les éperons vaincus,
Un arc où des captifs sont les mornes images,
Un reste de harnois, des débris d'attelages;
C'est ce qui fait courir Grecs, Romains, étrangers;
C'est là ce qui les pousse à travers les dangers;
Tant la vertu plaît moins que la gloire des armes!
Eh! qui suit la vertu seulement pour ses charmes?
Que de peuples pourtant doivent de leurs malheurs
Accuser cette soif et de gloire et d'honneurs,
Ce désir de graver sur la pierre funèbre
Un titre fastueux, un nom rendu célèbre.!
Mais ces marbres gardiens d'un débris triste et vain,
Un stérile arbrisseau les renverse à la fin.
O mort! jusqu'aux tombeaux ta faux peut donc s'étendre.
  Du terrible Annibal pèse aujourd'hui la cendre.
Ce héros que du Nil au rocher d'Abyla,
Ne pouvait contenir l'Afrique; le voilà.
Aux rives du Niger par son bras enchaînées
Il joint l'Ebre, et déjà franchit les Pyrénées.
Devant lui la nature offre de toutes parts
Les Alpes, leurs glaciers, invincibles remparts.
Il fend les rocs, dissous par un bouillant acide,
S'élance sur sa proie, et suit son vol rapide:

Jam tenet Italiam : tamen ultrà pergere tendit.
Actum, inquit, nihil est, nisi Pœno milite portas
Frangimus, et mediâ vexillum pono Suburrâ.
O qualis facies, et quali digna tabellâ,
Cùm Gætula ducem portaret bellua luscum !
Exitus ergo quis est ? O gloria ! vincitur idem
Nempe, et in exsilium præceps fugit, atque ibi magnus
Mirandusque cliens sedet ad prætoria regis,
Donec Bithyno libeat vigilare tyranno.
Finem animæ, quæ res humanas miscuit olim,
Non gladii, non saxa dabunt, nec tela ; sed ille
Cannarum vindex, ac tanti sanguinis ultor
Annulus. I, demens, et sævas curre per Alpes,
Ut pueris placeas, et declamatio fias.
Unus Pellæo juveni non sufficit orbis :
Æstuat infelix angusto limite mundi,
Ut Gyaræ clausus scopulis, parvâque Seripho.
Cùm tamen a figulis munitam intraverit urbem,
Sarcophago contentus erit. Mors sola fatetur
Quantula sint hominum corpuscula. Creditur olim
Velificatus Athos, et quidquid Græcia mendax
Audet in historiâ ; constratum classibus îsdem,
Suppositumque rotis solidum mare. Credimus altos
Defecisse amnes, epotaque flumina Medo
Prandente, et madidis cantat quæ Sostratus alis.

« Rome, je n'ai rien fait, dit-il, si mes soldats
« Demain ne font voler tes portes en éclats ;
« Si mon drapeau ne flotte au milieu de Suburre. »
Oh ! le noble sujet offert à la peinture,
Qu'un éléphant portant ce borgne général.
Que devient-il? O gloire! il fuit cet Annibal ;
Il fuit, vaincu, banni du sein de sa patrie.
Bientôt ce grand client d'un roi de Bithynie,
Assis près de sa porte, attend dès le matin
Qu'il plaise à Prusias de s'éveiller enfin.
D'un monde qu'il troubla comment sort sa grande âme?
Périt-il par le fer, périt-il par la flamme?
Non ; mais par cet anneau vengeur du jour affreux,
Où Cannes regorgea d'un sang si généreux.
Insensé, cours les monts, afin que de l'enfance,
Tes hauts faits, dans l'école, échauffent l'éloquence.

Dans ce vaste univers pour ses vœux trop borné,
Alexandre s'agite et se trouve gêné.
Le malheureux étouffe et se sent tout en nage.
On le croirait banni sur quelque étroite plage,
Enfermé dans Gyare ou bien dans Sériphus.
Dans les murs qu'éleva la veuve de Ninus,
Un cercueil lui suffit ; le trépas seul aux hommes
Fait voir tout leur néant, et ce peu que nous sommes.

Nous croyons que Xerxès coupa l'Isthme d'Athos,
Que ses poupes des mers cachaient les vastes flots,
Que ses chars ont roulé sur les plaines liquides,
Que dans un seul repas, de leurs gosiers avides,
Ses troupes tarissaient des fleuves tout entiers ;
Vieux contes que la Grèce enfanta par milliers,
Et que Sostratus chante, en son joyeux délire,
Quand du jus de la treille il a mouillé sa lyre.

Ille tamen qualis rediit Salamine relictâ,
In Corum atque Eurum solitus sævire flagellis
Barbarus, Æolio numquam hoc in carcere passos,
Ipsum compedibus qui vinxerat Ennosigæum?
Mitius id sanè, quòd non et stigmate dignum
Credidit. Huic quisquam vellet servire Deorum?
Sed qualis rediit? nempe unâ nave, cruentis
Fluctibus, ac tardâ per densa cadavera prorâ.
Has toties optata exegit gloria pœnas.

Da spatium vitæ, multos da, Jupiter, annos:
Hoc recto vultu solum, hoc et pallidus optas.
Sed quàm continuis et quantis longa senectus
Plena malis! deformem, et tetrum ante omnia vultum,
Dissimilemque sui, deformen pro cute pellem,
Pendentesque genas, et tales aspice rugas,
Quales, umbriferos ubi pandit Tabraca saltus,
In vetulâ scalpit jam mater simia buccâ.
Plurima sunt juvenum discrimina, pulchrior ille
Hoc, atque ille alio; multùm hic robustior illo;
Una senum facies, cum voce trementia membra,
Et jam leve caput, madidique infantia nasi.
Frangendus misero gingivâ panis inermi,
Usque adeo gravis uxori, natisque, sibique,
Ut captatori moveat fastidia Cosso.

Mais comment revint-il à travers l'Hellespont,
Ce roi de qui les fouets, par un nouvel affront,
Inconnu jusqu'alors aux antres d'Éolie,
Des aquilons mutins châtiaient la furie,
Ce roi de qui Neptune avait reçu des fers?
Trop heureux qu'un barbare au noble sein des mers
Ait du moins épargné la honte du stigmate!
Comment regagna-t-il les rives de l'Euphrate,
Chassé de Salamine, et des dieux détesté?
Avec un seul esquif à chaque instant heurté
Par la foule des morts qui, sur les mers profondes,
Embarrassaient sa proue et rougissaient les ondes.
La gloire ainsi punit l'orgueil de ses amans.
 « O dieux! multipliez, multipliez mes ans! »
Tel est le vœu commun qu'en son inquiétude,
Pâle et les yeux au ciel, forme la multitude.
De quels maux cependant, de quels amers chagrins
Une longue vieillesse abrèuve nos destins!
Contemple, au lieu des fleurs de ce riant visage,
Ce masque décharné, ce front jauni par l'âge,
Au lieu d'une peau ferme, un cuir qui se détend,
Cette joue amollie et qui tombe et qui pend,
Et ce pli sillonnant de hideuses figures,
Tels que se les épluche, en des forêts obscures,
Non loin de Tabraca, la plus vieille guenon.
Jeunes, nous recevons du ciel chacun un don;
L'un est beau; de la force un autre a l'avantage.
Vieux, nous nous ressemblons; tel est notre partage.
Aux malheureux vieillards il faut broyer leur pain,
Que sans dents leur gencive attaquerait en vain.
Leur *voix tremblante* sort de leur lèvre tremblante;
Redevenus enfans, une humeur dégoûtante

(18)

Non eadem vini atque cibi , torpente palato ,

Gaudia. .   .   .   .

.   .   .   .

.   .   .   .

.   .   .   .

.   .   .   .   . Quid, quòd meritò suspecta libido est ,

Quæ Venerem affectat sinè viribus. Aspice partis

Nunc damnum alterius. Nam quæ cantante voluptas ,

Sit licet eximius citharœdus , sive Seleucus ,

Et quibus auratâ mos est fulgere lacernâ ?

Quid refert, magni sedeat quâ parte theatri ,

Qui vix cornicines exaudiet , atque tubarum

Concentus ? clamore opus est , ut sentiat auris,

Quem dicat venisse puer , quot nuntiet horas.

Prætereà minimus gelido jam in corpore sanguis

Febre calet solâ ; circumsilit agmine facto

Morborum omne genus , quorum si nomina quæras ,

Promtiùs expediam, quot amaverit Hippia mœchos ;

Quot Themison ægros autumno occiderit uno ;

Quot Basilus socios ; quot circumscripserit Hirrus

Pupillos ; quot longa viros exsorbeat uno

Maura die ; quot discipulos inclinet Hamillus :

Percurram citiùs , quot villas possideat nunc ,

Quo tondente gravis juveni mihi barba sonabat.

Ille humero , hic lumbis , hic coxâ debilis ; ambos

Leur découle du nez ; leur front est sans cheveux.
Pour ta femme, ton fils, et toi-même ennuyeux,
Ton seul aspect, vieillard, devient insupportable
Même à Cossus, de legs coureur infatigable.
Les vins les plus exquis, le choix des meilleurs mets
Peuvent-ils ranimer le goût dans leurs palais ?
Aux luttes de l'amour dès long-temps inhabiles,
Tous leurs feux sont éteints, tous leurs efforts stériles ;
Vénus, toute une nuit, pour réveiller leurs sens,
Epuiserait en vain ses traits les plus puissans.
Libertins sans vigueur, pour eux est l'infamie.
A ces pertes se joint la perte de l'ouïe.
Aux chants de Séleucus, à ses accords divins,
Quel plaisir prendraient-ils si pour eux ils sont vains ?
Qu'importe qu'il soit près, qu'il soit loin de la scène,
Ce vieillard dont l'oreille entend les cors à peine.
Faut-il lui dire l'heure, annoncer un ami ?
Son esclave est forcé de pousser un grand cri ;
Et le sang appauvri dans ce corps froid, débile,
Déjà ne brûle plus que d'une ardeur fébrile.
Enfin sur lui des maux fond l'essaim si nombreux
Que j'aurais plus tôt dit à combien d'amoureux
Hippia s'est livrée, et ceux qu'en un automne,
Thémison, l'Esculape, assassine, empoisonne,
Les tristes orphelins que Hirrus ruina,
Ceux qu'à d'infâmes goûts Hamillus façonna,
Par combien d'assaillans la négresse efflanquée
Est à d'impurs combats en un jour provoquée,
Combien possède enfin de champêtres manoirs
Ce barbier dont ma joue exerça les rasoirs,
Que de tous ces vieillards l'attitude est souffrante.
L'un ressent dans l'épaule une douleur cuisante ;

Perdidit ille oculos, et luscis invidet : hujus
Pallida labra cibum capiunt digitis alienis.
Ipse ad conspectum cœnæ diducere rictum
Suetus , hiat tantùm , ceu pullus hirundinis , ad quem
Ore volat pleno mater jejuna. Sed omni
Membrorum damno major dementia , quæ nec
Nomina servorum, nec vultum agnoscit amici,
Cum quo præteritâ cœnavit nocte ; nec illos,
Quos genuit , quos eduxit. Nam codice sævo
Hæredes vetat esset suos ; bona tota feruntur
Ad Phialen : tantùm artificis valet halitus oris ,
Quod steterat multis in carcere fornicis annis,
Ut vigeant sensus animi , ducenda tamen sunt
Funere natorum, rogus aspiciendus amatæ
Conjugis, et fratris, plenæque sororibus urnæ.
Hæc data pœna diu viventibus , ut renovatâ
Semper clade domûs multis in luctibus , inque
Perpetuo mœrore , et nigrâ veste senescant.
Rex Pylius, magno si quidquam credis Homero ,
Exemplum vitæ fuit a cornice secundæ.
Felix nimirùm , qui tot per secula mortem
Distulit, atque suos jam dextrâ computat annos,
Quique novum totis toties mustum bibit.Oro, parumper

L'autre se plaint des reins ; un troisième des yeux,
Et, comme il les perdit à la fois tous les deux ,
A ceux qui n'en ont qu'un son malheur porte envie.
Celui-ci va boitant ; à sa lèvre flétrie
Celui-là voit offrir par un doigt étranger
Le pain que, sans cette aide , il ne saurait manger.
D'un bon plat qu'on lui sert , si la saveur le touche,
Ce qu'il peut faire encor, c'est d'entr'ouvrir la bouche,
Pareil au jeune oiseau dont le bec affamé
S'ouvre, à l'aspect subit du mets accoutumé
Que de sa mère à jeun rapporte la tendresse.
  Mais le plus grand des maux d'une longue vieillesse,
C'est d'oublier enfin les traits de nos amis,
La veille encor par nous à notre table admis;
Le nom d'un serviteur, et ces enfans eux-mêmes
Sous nos yeux élevés avec des soins extrêmes :
Par un barbare écrit ils sont déshérités ;
Aux mains de Phialé leurs biens sont transportés :
Tant d'une courtisane abandonnée au vice
Il faut craindre le souffle et l'infâme artifice !
  Je veux que l'esprit reste et vigoureux et sain.
En faut-il moins d'un fils pleurer la triste fin ?
Des cendres de nos sœurs voir des urnes remplies,
Et conduire au bûcher, frères, femmes chéries ?
Tels sont les châtimens réservés aux longs jours.
Ainsi de coups nouveaux nos cœurs frappés toujours
Vieillissent au milieu de mortelles alarmes,
De lugubres habits et d'éternelles larmes.
Homère a peint Nestor aussi vieux qu'un corbeau ;
Sans doute heureux d'avoir, de la nuit du tombeau ,
Pendant trois cents hivers, sauvé ses destinées;
Par les doigts de sa droite il comptait ses années;

Attendas, quantum de legibus ipse queratur
Fatorum, et nimio de stamine, cùm videt acris
Antilochi barbam ardentem : cùm quærit ab omni,
Quisquis adest socius, cur hæc in tempora duret ;
Quod facinus dignum tam longo admiserit ævo.
Hæc eadem Peleus, raptum cùm luget Achillem,
Atque alius, qui fas Ithacum lugere natantem.
Incolumi Trojâ Priamus venisset ad umbras
Assaraci magnis solennibus, Hectore funus
Portante, ac reliquis fratrum cervicibus, inter
Iliadum lacrymas, ut primos edere planctus
Cassandra inciperet, scissâque Polyxena pallâ :
Si foret exstinctus diverso tempore, quo non
Cœperat audaces Paris ædificare carinas.
Longa dies igitur quid contulit ? omnia vidit
Eversa, et flammis Asiam ferroque cadentem.
Tunc miles tremulus positâ tulit arma tiarâ,
Et ruit ante aram summi Jovis, ut vetulus bos,
Qui domini cultris tenue et miserabile collum
Præbet, ab ingrato jam fastiditus aratro.
Exitus ille utcunque hominis : sed torva canino
Latravit rictu, quæ post hunc vixerat, uxor.
Festino ad nostros, et regem transeo Ponti,
Et Crœsum, quem vox justi facunda Solonis
Respicere ad longæ jussit spatia ultima vitæ.

Que de fois de Bacchus il but les dons récens!
Cependant, écoutons par quels tristes accens
De sa trop longue vie il maudissait la trame,
Quand du bûcher d'un fils son œil voyait la flamme :
« Mes amis, disait-il en accusant le sort,
« Pourquoi les dieux cruels retardent-ils ma mort?
« Et cet âge sans fin, quel forfait me l'attire? »
    Ainsi d'Achille mort le vieux père soupire;
Ainsi Laërte pleure un fils jouet des vents.
    Si Priam eût atteint le terme de ses ans,
Avant que ne flottât sur la liquide plaine
L'audacieuse nef du ravisseur d'Hélène,
Tranquille, il eût rejoint l'ombre d'Assaracus,
Porté par tous ses fils de douleur abattus.
Au milieu de Troyens, de femmes éplorées,
Cassandre, Polyxène, en robes déchirées,
Les cheveux en désordre, eussent mené le deuil ;
Avec pompe se fût avancé son cercueil.
Que gagne-t-il à vivre? Il voit renverser Troie ;
Aux flammes, au carnage il voit l'Asie en proie ;
Alors, jetant le sceptre, il s'apprête au combat,
Et, guerrier tout tremblant sous un poids qui l'abat,
Meurt aux pieds de ses dieux. Ainsi, dans son vieil âge,
Par un ingrat mépris chassé du labourage,
Tendant un cou débile au fer de son bourreau,
Faible, chancèle et tombe un malheureux taureau.
Il meurt du moins en homme, en prince magnanime ;
Mais Hécube, après lui, des Grecs triste victime,
Pousse en longs aboîmens sa lamentable voix.
Je passe sous silence une foule de rois,
Mithridate, Crésus, à qui son hôte sage
Disait : « Vous n'êtes pas au terme du voyage. »

Exilium , et carcer, Minturnarumque paludes ,
Et mendicatus victâ Carthagine panis ,
Hinc causas habuêre. Quid illo cive tulisset
Natura in terris , quid Roma beatius unquam ;
Si circumducto captivorum agmine , et omni
Bellorum pompâ , animam exhalâsset opimam ,
Cùm de Teutonico vellet descendere curru ?
Provida Pompeio dederat Campania febres
Optandas : sed multæ urbes , et publica vota
Vicerunt. Igitur fortuna ipsius et Urbis
Servatum victo caput abstulit. Hoc cruciatu
Lentulus , hâc pœnâ caruit , ceciditque Cethegus
Integer , et jacuit Catilina cadavere toto.

Formam optat modico pueris, majore puellis
Murmure, cùm Veneris fanum videt anxia mater
Usque ad delicias votorum. Cur tamen , inquit,
Corripias? pulchrâ gaudet Latona Dianâ.
Sed vetat optari faciem Lucretia, qualem
Ipsa habuit. Cuperet Rutilæ Virginia gibbum
Accipere , atque suam Rutilæ dare. Filius autem
Corporis egregii, miseros trepidosque parentes
Semper habet. Rara est adeo concordia formæ
Atque pudicitiæ; sanctos licèt horrida mores

Mais je vois Marius en un marais plongé ,
Proscrit , d'indignes fers dans Minturnes chargé ;
Puis mendiant son pain sur ce même rivage
Où jeune , sous ses lois , il avait mis Carthage.
Qui jamais eût coulé des jours plus fortunés ,
Si , vainqueur des Teutons à sa suite enchaînés ,
Il eût , en descendant de son char de victoire ,
Environné d'honneurs , couronné par la gloire ,
Au sein de ses exploits rendu son âme aux dieux ?
La fièvre , prévenant un malheur trop affreux ,
Ravissait aux Romains Pompée en Campanie ;
Mais par un sort cruel pour lui , pour la patrie ,
Les vœux de tout un peuple , en sauvant ce héros ,
Mirent sa tête auguste aux mains de ses bourreaux.
Céthégus , Lentulus ignora cet outrage.
L'affreux Catilina , sur le champ du carnage ,
Fut trouvé tout entier couché parmi les morts.
　　Une mère à Vénus , par de pieux efforts ,
Demande la beauté pour sa jeune famille :
Sa voix devient plus forte en parlant pour sa fille ;
Et ses vœux sont sans terme. « Eh ! qu'a de criminel
« Ce désir qui ne part que d'un cœur maternel ?
« La beauté de Diane enorgueillit sa mère. »
Mais Lucrèce , mourant victime volontaire ,
D'attraits trop éclatans révèle le danger.
Qu'on verrait Virginie avec joie échanger
De son corps élégant la belle et noble forme
Contre tous les défauts d'une taille difforme !
　　Des plus doux agrémens vos enfans sont ornés :
Je ne vous plains pas moins , parens infortunés ;
Les mœurs et la beauté si rarement s'unissent !
Ce fils que votre exemple et vos leçons nourrissent ,

Tradiderit domus, ac veteres imitata Sabinas;
Præterea castum ingenium, vultumque modesto
Sanguine ferventem tribuat natura benignâ
Larga manu: (quid enim puero conferre potest plus,
Custode et curâ natura potentior omni?)
Non licet esse viros: nam prodiga corruptoris
Improbitas ipsos audet tentare parentes.
Tanta in muneribus fiducia! nullus ephebum
Deformem sævâ castravit in arce tyrannus:
Nec prætextatum rapuit Nero loripedem, vel
Strumosum, atque utero pariter gibboque tumentem.
I nunc, et juvenis specie lætare tui! quem
Majora exspectant discrimina? fiet adulter
Publicus, et pœnas metuet, quascunque maritis
Iratis debet: nec erit felicior astro
Martis, ut in laqueos nunquam incidat. Exigit autem
Interdum ille dolor plus quàm lex ulla dolori
Concessit. Necat hic ferro, secat ille cruentis
Verberibus, quosdam mœchos et mugilis intrat.
Sed tuus Endymion dilectæ fiet adulter
Matronæ: mox cùm dederit Servilia nummos,
Fiet et illius quam non amat: exuet omnem
Corporis ornatum. . . . .
. . . .
Deterior totos habet illic femina mores.
Sed casto quid forma nocet? Quid profuit olim

Des antiques Sabins a sucé la vertu ;
Son cœur est chaste encor. Sur son front ingénu
La nature elle-même a, de sa main bénigne,
De l'aimable pudeur mis le modeste signe.
(Plus forte que tout l'art, que toutes les leçons,
Peut-elle l'embellir de plus précieux dons?)
Qu'importe? il va cesser d'être homme ; et le salaire
Qu'un scélérat prodigue offre même à son père,
De ce titre sacré le dépouille à jamais.
Tant l'or donne d'audace ! En leurs affreux palais,
Jamais de nos tyrans la barbare luxure
Dans des corps contrefaits n'éteignit la nature.
A-t-on vu de Néron les lubriques fureurs
Ravir un fils difforme aux tremblans sénateurs?

   Soyez fiers maintenant d'une beauté si rare!
Mais à de plus grands maux il faut qu'il se prépare ;
Adultère public, en horreur aux époux,
Bientôt vous le verrez expirer sous leurs coups.
Serait-il plus que Mars aux rêts inaccessible?
Des maris outragés le courroux est terrible ;
Des plus sévères lois les affreux châtimens
Sont peu de chose au prix de leurs ressentimens ;
Et mugile, et poignard, et sanglantes lanières
Servent cruellement leurs haines meurtrières.

   Que votre Endymion n'aime qu'un seul objet,
Je le crois ; mais de l'or l'irrésistible attrait
Bientôt, contre son cœur, le livre à Servilie,
Qui, pour lui vendant tout, d'un nœud honteux le lie.
Aux obscènes désirs qui viennent l'embraser,
Quelle femme jamais a su rien refuser?
La plus avare alors devient dissipatrice.
— Mais la beauté nuit-elle au cœur pur de tout vice?

Hippolyto grave propositum? Quid Bellerophonti?
Erubuit nempè hæc, seu fastidita repulsâ.
Nec Sthenobœa minùs quàm Cressa excanduit, et se
Concussere ambæ. Mulier sævissima tunc est,
Cùm stimulos odio pudor admovet. Elige quidnam
Suadendum esse putes, cui nubere Cæsaris uxor
Destinat. Optimus hic et formosissimus idem
Gentis patriciæ rapitur miser exstinguendus
Messalinæ oculis: dudum sedet illa parato
Flameolo; Tyriusque palàm genialis in hortis
Sternitur, et ritu decies centena dabuntur
Antiquo: veniet cum signatoribus auspex.
Hæc tu secreta, et paucis commissa putabas.
Non nisi legitimè vult nubere. Quid placeat, dic:
Nî parere velis, pereundum est ante lucernas:
Si scelus admittas, dabitur mora parvula, dum res
Nota Urbi et populo contingat principis aures.
Dedecus ille domûs sciet ultimus. Interea tu
Obsequere imperio, si tanti est vita dierum
Paucorum. Quidquid melius leviusque putâris,
Præbenda est gladio pulchra hæc et candida cervix.

Nil ergo optabunt homines? Si consilium vis,
Permittes ipsis expendere Numinibus, quid
Conveniat nobis, rebusque sit utile nostris.
Nam pro jucundis aptissima quæque dabunt Dî.
Carior est illis homo, quàm sibi. Nos animorum

— Vois le sort d'Hippolyte et du fils de Glaucus.
Phèdre rougit d'entendre un pudique refus;
Non moins qu'elle rougit Sténobée implacable :
On sait où se porta leur haine impitoyable.
Eh! qui peut d'une femme égaler la fureur,
Quand la honte au courroux se mêle dans son cœur?
   L'épouse de César, l'indigne Messaline,
Aux plaisirs de son lit, Silius, te destine.
Quel parti prendras-tu? Noble, beau, vertueux,
On t'enlève : refuse, et tu meurs à ses yeux.
Le voile nuptial déjà couvre sa tête;
Le lit dans ses jardins avec pompe s'apprête :
Messaline t'attend. Cent mille écus comptés
Pour le prix de ta dot vont t'être présentés.
L'augure et les témoins sont là prêts à paraître.
— Mais, dis-tu, cet hymen sera secret peut-être.
— Non, Messaline veut de légitimes nœuds.
Silius, choisis donc. Repousses-tu ses feux?
Avant la fin du jour ta perte est assurée.
Consommes-tu le crime? elle n'est différée
Que jusques au moment où, partout répété,
Ce bruit à César même enfin sera porté :
Il saura le dernier l'opprobre de sa couche.
Cependant, si l'espoir d'un jour de plus te touche,
Obéis, Silius; mais malgré tous tes soins,
Malgré tes vains efforts, il ne faudra pas moins
Présenter au bourreau cette tête si belle.
   — Nul vœu n'ira donc plus à la voûte éternelle?
— Laissons, si tu m'en crois, laissons juger aux dieux
Ce qui dans nos besoins peut nous servir le mieux.
Au lieu de l'agréable, ils donneront l'utile;
L'homme est moins cher à soi qu'à leur bonté facile.

Impulsu, et cæcâ magnâque cupidine ducti,
Conjugium petimus, partumque uxoris: at illis
Notum, qui pueri, qualisque futura sit uxor.
Ut tamen et poscas aliquid, voveasque sacellis
Exta, et candiduli divina tomacula porci;
Orandum est, ut sit mens sana in corpore sano.
Fortem posce animum, mortis terrore carentem;
Qui spatium vitæ extremum inter munera ponat
Naturæ, qui ferre queat quoscunque labores;
Nesciat irasci, cupiat nihil; et potiores
Herculis ærumnas credat sævosque labores,
Et Venere, et cœnis, et plumis Sardanapali.
Monstro quod ipse tibi possis dare. Semita certè
Tranquillæ per virtutem patet unica vitæ.
Nullum numen habes, si sit prudentia: nos te
Nos facimus, fortuna, deam, cœloque locamus.

Follement entraînés par d'aveugles désirs,
Nous voulons de l'hymen goûter les doux plaisirs,
Nous voulons dans un fils voir notre nom renaître.
Mais le ciel connaît seul ce qu'un jour doivent être
Cette épouse, ce fils. Cependant, si tu veux
Offrir quelque victime et former quelques vœux,
Demande aux immortels, pour prix de ton hommage,
Dans un corps toujours sain un esprit toujours sage;
Demande un cœur exempt des terreurs de la mort,
Sans haine, sans désirs, et calme autant que fort;
Qui, se rendant vainqueur des peines qu'il endure,
Trouve dans le trépas un don de la nature;
Qui sache préférer les pénibles travaux,
Les fatigues d'Hercule aux fastueux carreaux,
Aux festins, aux plaisirs dont la douce mollesse
Du vain Sardanapale endormaient la paresse.
Veux-tu donc te créer un bonheur pur, entier?
De l'austère vertu suis le rude sentier.
Sois prudent, tu sauras maîtriser la fortune :
Son culte n'est venu que de l'erreur commune.

ADRIEN EGRON, IMPRIMEUR,
rue des Noyers, n° 37.